Collection dirigée par Etienne Delessert
Direction artistique de Rita Marshall
“Le Petit Soldat de Plomb” a été traduit par Anne Paraf

© 1983 Editions Grasset & Fasquelle, Paris – Editions 24 Heures, Lausanne.
© 1983 Creative Education, Mankato, MN, USA, pour l'édition américaine.
Editors : Ann Redpath et George R. Peterson.

ISBN 2-246-32141-7. Nᵒ d'Edition 37-0983-9
Dépôt légal septembre 1983. Loi 49.956 du 16.7.1949
Imprimé en Suisse par les Imprimeries Réunies, Lausanne.

LE PETIT
SOLDAT
DE PLOMB

HANS CHRISTIAN ANDERSEN
illustré par
GEORGES LEMOINE

GRASSET·MONSIEUR CHAT

IL ÉTAIT UNE FOIS

En 1840 Andersen est
amoureux de Jenny Lind.
Il ne pourra l'épouser
et cherchera l'oubli de
lui-même, dit-il, dans
le service de quelque chose
de plus haut...
Petit soldat de plomb
(Andersen?) tout à son
honneur, dans l'oubli
de lui-même, amoureux
d'une inaccessible
danseuse (Jenny Lind?).

VINGT-CINQ soldats de plomb, tous frères, tous nés d'une vieille cuiller de plomb, reposaient l'arme au bras, la tête droite—et leur uniforme rouge et bleu n'était pas mal du tout.

La première parole qu'ils entendirent en ce monde, lorsqu'on souleva le couvercle de la boîte fut: «Des soldats de plomb!» Et c'est un petit garçon qui poussa ce cri en tapant des mains. Il les avait reçus en cadeau pour son anniversaire, et tout de suite les aligna sur la table.

Les soldats se ressemblaient exactement. Un seul était un peu différent; il n'avait qu'une jambe, ayant été fondu le dernier, quand il ne restait plus assez de plomb. Il se tenait cependant sur son unique jambe aussi fermement que les autres et c'est à lui, justement, qu'arriva cette singulière histoire.

Sur la table où l'enfant les avait alignés, il y avait beaucoup d'autres jouets, dont un joli château de carton qui frappait tout de suite le regard. A travers ses petites fenêtres on pouvait voir jusque dans l'intérieur du salon. Au dehors, de petits arbres entouraient un petit miroir figurant un lac sur lequel voguaient et se miraient des cygnes de cire. Tout l'ensemble était bien joli, mais le plus ravissant était une petite demoiselle debout sur les marches du château. Elle était également découpée dans du carton, mais portait une large jupe de fine batiste très claire, un étroit ruban bleu autour de ses épaules en guise d'écharpe sur laquelle scintillait une paillette aussi grande que tout son visage. La petite demoiselle tenait les deux bras levés, car c'était une danseuse, et elle levait aussi une jambe en l'air, si haut que notre soldat ne la voyait même pas. Il crut que la petite danseuse n'avait qu'une jambe, comme lui-même.

– Voilà une femme pour moi, pensa-t-il, mais elle est de haute condition, elle habite un château et moi je n'ai qu'une boîte dans laquelle nous sommes vingt-cinq, ce n'est guère un endroit digne d'elle. Cependant, tâchons de lier connaissance.

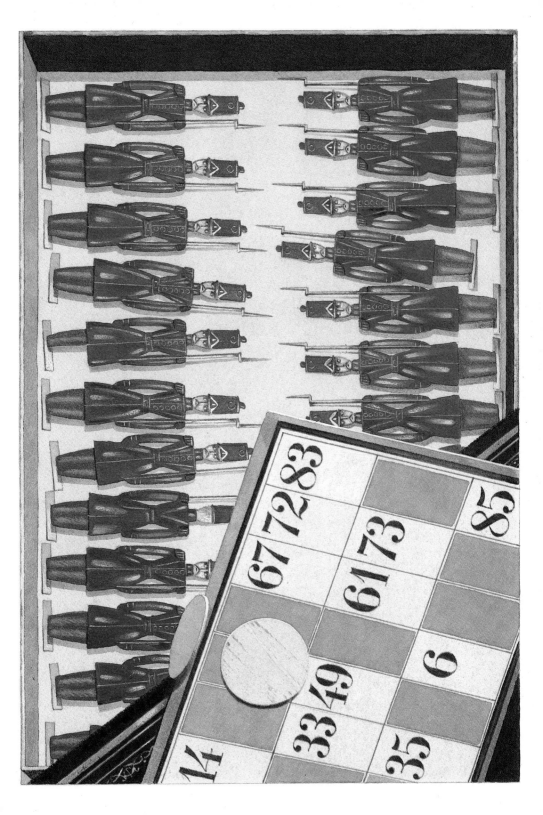

THE TAILOR
GLOUCEST

Il s'étendit de tout son long derrière une tabatière qui se trouvait sur la table; de là, il pouvait admirer à son aise l'exquise petite demoiselle qui continuait à se tenir debout sur une jambe sans perdre l'équilibre.

Lorsque la soirée s'avança, tous les autres soldats réintégrèrent leur boîte et les gens de la maison allèrent se coucher. Alors les jouets se mirent à jouer à la visite, à la guerre, au bal. Les soldats de plomb s'entrechoquaient bruyamment dans la boîte. Ils voulaient être de la fête mais n'arrivaient pas à soulever le couvercle. Le casse-noisette faisait des culbutes et la craie batifolait sur l'ardoise. Au milieu de ce tapage, le canari s'éveilla et se mit à gazouiller—en vers, s'il vous plaît. Les deux seuls à ne pas bouger de leur place étaient le soldat de plomb et la petite danseuse, elle toujours droite sur la pointe des pieds, les deux bras levés, lui bien ferme sur sa jambe unique. Pas un instant il ne la quittait des yeux.

L'horloge sonna minuit.
Alors, clac! le couvercle de la
tabatière sauta : il n'y avait pas
le moindre tabac dedans
(c'était une attrape), mais seulement un petit diable noir.
– Soldat de plomb, dit le diablotin, veux-tu bien mettre tes
yeux dans ta poche!
Mais le soldat de plomb fit
semblant de ne pas entendre.
– Attends seulement jusqu'à
demain, dit le diablotin.

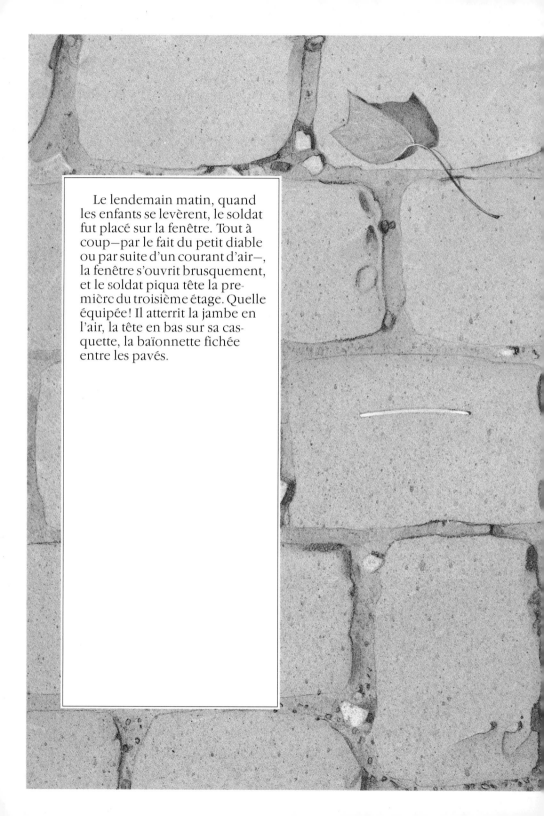

Le lendemain matin, quand les enfants se levèrent, le soldat fut placé sur la fenêtre. Tout à coup—par le fait du petit diable ou par suite d'un courant d'air—, la fenêtre s'ouvrit brusquement, et le soldat piqua tête la première du troisième étage. Quelle équipée! Il atterrit la jambe en l'air, la tête en bas sur sa casquette, la baïonnette fichée entre les pavés.

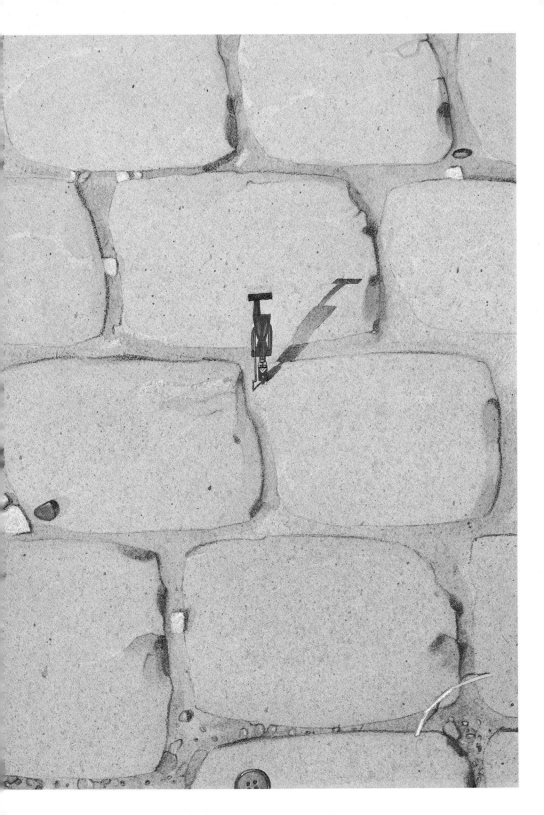

La servante et le petit garçon descendirent aussitôt pour le chercher. Ils marchaient presque dessus mais ne le voyaient pas. Bien sûr, si le soldat de plomb avait crié: «Je suis là», ils l'auraient découvert. Mais lui ne trouvait pas convenable de crier très haut puisqu'il était en uniforme.

La pluie se mit à tomber de plus en plus fort, une vraie trombe! Quand elle fut passée, deux gamins des rues arrivèrent.

– Dis donc, dit l'un d'eux, voilà un soldat de plomb, on va lui faire faire un voyage.

D'un journal ils confectionnèrent un bateau, placèrent le soldat au beau milieu, et le voici descendant le ruisseau, les deux garçons courant à côté et battant des mains. Dieu! quelles vagues dans ce ruisseau! et quel courant! bien sûr, il avait plu à verse! Le bateau de papier montait et descendait et tournoyait sur lui-même à faire trembler le soldat de plomb, mais il demeurait stoïque, sans broncher, et regardait droit devant lui, l'arme au bras.

Soudain le bateau entra sous une large planche couvrant le ruisseau. Le soldat trouva les lieux aussi sombres que l'intérieur de sa boîte.

– Où cela va-t-il me mener? pensa-t-il. C'est sûrement la faute du diable de la boîte. Hélas! si la petite demoiselle était seulement assise à côté de moi dans le bateau, j'accepterais bien qu'il y fît deux fois plus sombre.

A ce moment surgit un gros rat d'égout qui habitait sous la planche.

– Passeport! cria-t-il, montre ton passeport, vite!

Le soldat de plomb demeura muet, il serra seulement un peu plus fort son fusil. Le bateau continuait sa course et le rat lui courait après en grinçant des dents et il criait aux épingles et aux brins de paille en dérive.

– Arrêtez-le, arrêtez-le, il n'a pas payé de douane, ni montré son passeport!

Mais le courant devenait de plus en plus fort. Déjà, le soldat de plomb apercevait la clarté du jour là où s'arrêtait la planche, mais il entendait aussi un grondement dont même un brave pouvait s'effrayer.

Le ruisseau, au bout de la planche, se jetait droit dans un grand canal. C'était pour lui aussi dangereux que pour nous de descendre en bateau une longue chute.

Il en était maintenant si près que rien ne pouvait l'arrêter. Le bateau fut projeté en avant mais le pauvre soldat de plomb se tenait aussi raide qu'il le pouvait, et personne ne pourrait plus tard lui reprocher d'avoir seulement cligné des yeux. L'esquif tournoya deux ou trois fois, s'emplit d'eau jusqu'au bord; il allait sombrer. Le soldat avait de l'eau jusqu'au cou et le bateau s'enfonçait toujours davantage, le papier s'amollissait de plus en plus; l'eau passa bientôt par-dessus la tête du navigateur.

Alors il pensa à la ravissante petite danseuse qu'il ne reverrait plus jamais, et à ses oreilles tinta la chanson:

Tu es en grand danger,
guerrier!
Tu vas souffrir la malemort!

Le papier se déchira, le soldat passa au travers… mais au même instant un gros poisson l'avala.

Non! ce qu'il faisait sombre là-dedans! encore plus que sous la planche du ruisseau, et il était bien à l'étroit, notre soldat, mais toujours stoïque il resta couché de tout son long, l'arme au bras.

Le poisson s'agitait et des secousses effroyables le secouaient. Enfin il demeura parfaitement tranquille. Un éclair sembla le traverser. Puis la lumière l'inonda d'un seul coup et quelqu'un cria : «Un soldat de plomb !»

Le poisson avait été pêché, apporté au marché, vendu, monté à la cuisine où la servante l'avait ouvert avec un grand couteau.

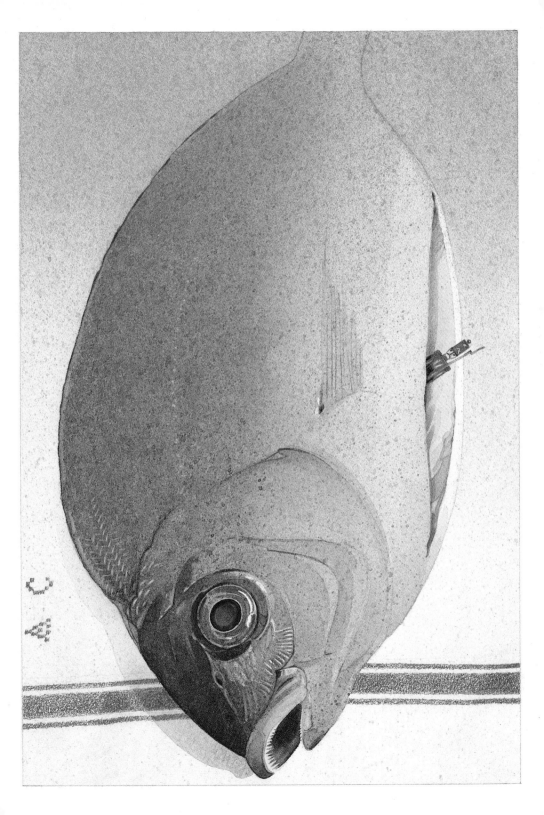

Elle saisit entre deux doigts le soldat par le milieu du corps et le porta au salon où tout le monde voulait voir un homme aussi remarquable, qui avait voyagé dans le ventre d'un poisson, mais lui n'était pas fier. On le posa sur la table…

Comme le monde est petit!… il se retrouvait dans le même salon où il avait été d'abord, il revoyait les mêmes enfants, les mêmes jouets sur la table, le château avec l'exquise petite danseuse toujours debout sur une jambe et l'autre dressée en l'air; elle aussi était stoïque.

Le soldat en était tout ému, il allait presque pleurer des larmes de plomb, mais cela ne se fait pas… Il la regardait et elle le regardait, mais ils ne dirent rien.

Soudain un des petits garçons prit le soldat et le jeta dans le poêle sans aucun motif, sûrement encore sous l'influence du diable de la tabatière.

Le soldat de plomb tout ébloui sentait en lui une chaleur effroyable. Etait-ce le feu ou son grand amour? Il n'avait plus ses belles couleurs, était-ce le voyage ou le chagrin?

Il regardait la petite demoiselle et elle le regardait, il se sentait fondre, mais stoïque il resta debout, l'arme au bras. Alors la porte s'ouvrit, le vent saisit la danseuse et, telle une sylphide, elle s'envola directement dans le poêle près du soldat. Elle s'enflamma... et disparut. Alors le soldat fondit, se réduisit en un petit tas, et lorsque la servante, le lendemain, vida les cendres, elle y trouva comme un petit cœur de plomb. De la danseuse il ne restait rien que la paillette, toute calcinée par le feu, et noire comme du charbon.